Herstellung und Verlag:
BoD-Books on Demand, Norderstedt
ISBN: 978-3-7448-2087-5

Schon vor über 100 Jahren
sprach der Volksmund:
lachen ist sooooooo gesund!

Lieber Leser,

ob maskulin oder feminin, ob jung oder alt, lieben Sie sich und das Leben? Wer allerdings keinen Humor und auch noch das Lachen verlernt hat, oder nie ein Schmunzeln in seine Gesichtszüge bringt, der möge bitte und schnell, das Buch zur Seite legen.

Hoddel und Anne sind über fünfzig Jahre verheiratet und erzählen kurze oder etwas längere Geschichten aus ihrem täglichen Leben in Spanien oder in Deutschland. Wobei das Leben am Mittelmeer unbeschwerter ist, dort kommt zur Lebensfreude auch noch der Humor. In Andalusien kam mir der Gedanke über unser tägliches Miteinander zu schreiben. In diesem Buch finden sich erlebte nacherzählte kleine Anekdoten wieder.

Im Universum spielen wir Menschen, ob reich, jung oder alt, nur eine winzig kleine Nummer, darum bleibt uns Menschen wenig Zeit, für den uns angeborenen Kummer ein Lachen oder lächelndes Gesicht erhält uns jung so erhalten wir Menschen für jede Lebenslage, den nötigen Schwung.

Ihr Horst Pfeil

Wir behalten die Übersicht

Der Polterabend

Hoddel sitzt im Sonnenschein auf der Porche*. Mit einem leeren Essteller in der Hand geht Anne an ihm vorbei zur außen liegenden Sommerküche. Er blickt auf und fragt: „Was willst du mit dem leeren Teller?" Sie: „Ich gehe zum Polterabend" und geht um die Hausecke. Nach einiger Zeit kommt sie mit einer Auflaufform in der Hand zurück. Er fragt: „Wo hast du den Essteller gelassen?" Sie: „Hast du etwa in der Zwischenzeit vergessen, dass ich vom Polterabend komme."
(*Porche: überdachte Terrasse)

Silvester

Hoddel und Anne, sitzen am Silvesterabend vor dem Puschenkino, auch Television genannt. Er sieht mit großer Bewunderung die Tänzer und Tänzerinnen vom deutschen Fernsehballett. Er wendet sich Anne zu: „Eigentlich müssten wir uns wieder ein Aufnahmegerät kaufen." Sie: „Und wofür?" „Für mich natürlich, dann kann ich die Tanzschritte sehen und auch lernen." Sie schüttelt sich vor lachen: „Du willst die Tanzschritte lernen? Ach, deshalb trägst du im Sommer, wenn wir nach Marbella fahren das gelbe T-Shirt. Vorn mit der Aufschrift: Alt aber gut, auf der Rückseite: Runderneuerte Prothesen machen es möglich."

Die Mittagsreste

Anne legt die Reste vom Mittagessen auf ein Salatblatt, um sie zum Komposthaufen zu tragen. Hoddel:
„Oh, alles für die streuenden Tiere?" Sie nickt mit
dem Kopf. Er: „Wenn du schon auf einem Salatblatt
servierst, dann lege doch bitte ein Essbesteck und
Servietten dazu."

Die Sonne

Hoddel und Anne gemütlich auf der Porche sitzend und dem lieben Nachbarn mit einem kleinen Pinsel in der Hand beim Holzstreichen zusehend, sorgt schon am Morgen für gute Laune. Wenn auch noch die Sonne wärmt, ja dann ist es ein besonderer Tag. Hoddel mit T-Shirt, Strickhemd und lässig den Pullover über der Schulter hängend, saß er, man könnte schon mehr liegend sagen, in seinem gut gepolsterten Teakholzstuhl. Anne zu Hoddel gewand: „Wir hatten heute am Morgen nur 5°C, deshalb trage ich noch meine Strumpfhose. Obwohl nun die Sonne scheint, habe ich keine Lust die Strumpfhose auszuziehen." Hoddel: „Beim Ausziehen deiner Strumpfhose sieht dir bestimmt keiner zu, selbst Nachbar Jelle* nicht, denn der hat schon mit der Farbe zu kämpfen." Danach döst Hoddel weiter in der Sonne. (*Jelle ist Holländer)

Das liebe Telefon

Hoddel, das Telefon in der Hand haltend, wählt eine Nummer. Es kommt das Besetztzeichen. Nach einiger Zeit wählt er neu. Wieder und wieder. Die Leitung bleibt besetzt. Sein Blick verrät, dass er sich jetzt und augenblicklich, am liebsten von dem inzwischen blöd gewordenen Gerät trennen möchte. Doch plötzlich grient er und nun geschieht das Gegenteil. Er blickt auf die kleine Plastikscheibe – auch Display – genannt und sieht nun seine eigene Telefonnummer. Hoddel, ein ehrlicher, in der Gegenwart selten vorkommender Typ Mensch, erzählt das seiner Anne. Diese, anstatt zu trösten, lacht und lacht, sie schüttelt sich regelrecht vor Lachen: „Lieber Hoddel, du hast heute keinen glücklichen Tag. Bereits am Morgen in der Carglass Werkstatt hast du selten so gut spanisch gestottert."

Der Sonnenuntergang

Hoddel und Anne beobachten am späten Nachmittag mit einem Glas Bier in der Hand, wie die Sonne hinter den Bergen der Sierra las Nieves untergeht. Wie so oft ein besonderes Erlebnis, heute jedoch ärgern Hoddel die kleinen Fliegen. Anne bemerkt es, schmunzelt und meint bei ihr wären keine kleinen Fliegen, sie habe schließlich alkoholfreies Bier im Glas.

Von Hoopte nach Zollenspieker

Es ist ein Sommertag. Hoddel und Anne sitzen im Auto, um die Elbe auf einer Autofähre zu überqueren. Der Fährmann kommt an das bereits geöffnete Autofenster. Hoddel reicht ihm 5,- €, der Fährmann zeigt ihm jedoch an, das Geld reicht nicht. „Wieso bekommst du heute am Sonnabend mehr Geld? Vor ein paar Tagen habe ich nur 4,- € bezahlt?" Der Fährmann grient: „Ja mein Lieber, das mag schon sein, aber heute hast du an deiner Seite eine schöne junge Frau sitzen. Und Frauen kosten nun mal Geld und das solltest du in deinem Alter schon wissen." Hoddel: „Wenn ich später mit zwei Frauen wieder zurück komme?" Der Fährmann sieht lachend Anne an: „Ist der wirklich so gut und kann noch zwei junge Frauen ab?" Hoddel bezahlt den Mehrpreis. Stunden später zurück auf der Fähre, die zweite junge Frau sitzt nun im Auto. Schon von Weiten lächelnd schlendert der Fährmann, seine Hände sind in den Taschen seiner Latzhose vergraben, zum Auto. Sieht in den Wagen zu Hoddel gewandt: „Alter Freund, da hast du dir für heute aber viel vorgenommen."

(Im übrigen: Die zwei Frauen befinden sich bereits im achten oder neunten Lebensjahrzehnt.)

Eine vorweihnachtliche Fernsehsendung im MDR

Hoddel und Anne sitzen vor dem Puschenkino. Kim Fischer leitet die Sendung und sprich mit ihrem Gast Roland Kaiser über den Heiligabend in der Familie. Beschenkt man sich oder auch nicht. Wie groß wird der Tannenbaum, wo liegen die Geschenke. Es ist doch jedes Jahr in der Weihnachtszeit ein wiederkehrendes Thema. Daher könnte wohl auch das Weihnachtslied: Alle Jahre wieder abstammen oder? Zum Schluss des Interviews behaupten doch die beiden, oft gäbe es gerade unter dem Tannenbaum innerhalb der Familie bösen Krach. Na, so was aber auch. Hoddel meint zu Anne: „Kannst du jetzt verstehen, warum ich schon vor Jahren keinen Tannenbaum haben wollte und ich mich einmal in meinem Leben durchsetzten konnte?"

Wetterbericht im ZDF

Es ist 19.15 Uhr, das Wetter im ZDF: nach wochenlangem Regen und Sturm weiterhin Nieselregen. Hoddel zu Anne: „Sieh dir diesen Wetterkomiker an. Kann dieser Komiker nicht mal nach wochenlangen Sturm und Regen, Sonnenschein vermelden? Und für diesen Mist müssen wir auch noch Gebühren bezahlen."

Flughafen Malaga

Hoddel und Anne stehen in der Halle im neuen Flug-
hafen in Malaga und suchen das Service-Center der Air
Berlin. In der Flughalle kommt ihnen eine junge Frau
in Uniform einer ihnen nicht bekannten Airline ent-
gegen. Hoddel spricht sie in Spanisch mit „por favor
Señora" an. Sie lächelt und antwortet in Deutsch: „Sie
sind bestimmt ein Señor aus alemania? Ich bin nicht
verheiratet und somit eine Señorita. Wir sind in „al
andalus" glückliche, junge Frauen und wurden nicht
feministisch erzogen." Sie brachte uns bis zum Air Berlin
Service-Center, mit einem „muchas gracias" haben wir
uns verabschiedet. Es lebe noch lange die spanische
Kultur und nicht der von Deutschland verordnete
europäische Feminismus.

Air Berlin Center

Hoddel und Anne stehen im Center der Air Berlin
am Tresen. Gabi in Uniform der Air Berlin kommt auf
Hoddel zu, man kennt sich, es folgt eine herzliche
Begrüßung, mit Küsschen links und Küsschen rechts.
Hoddel bucht für sich Flüge, Malaga – Hamburg –
Malaga. So nebenbei wird über die lieben Haustiere,
Hund und Katzen und die viele Arbeit auf den Fincas
gesprochen. Der Raum füllte sich, es kam auch noch

Flugpersonal dazu. Gabi gab die Flugdaten in den Computer ein und fragte Hoddel, ob er auch einen Sitzplatz haben möchte. Dieser lächelt Gabi an: „Liebe Gabi, ich hatte schon beim letzten Flug nach Hamburg keinen Sitzplatz bekommen. Musste die drei Stunden Flug nach Hamburg im kalten Laderaum verbringen. Es wäre schön, wenn ich dieses Mal in der Kabine sitzen dürfte." Gabi errötete leicht: „Oh wie peinlich, ich meinte doch eine Sitzplatzreservierung." Das Gelächter und die Stimmung im Center war großartig, wie so oft in Andalusien ein lustiger Vormittag.

Geldverleih

Anne lieh Hoddel 30,- €. Einige Zeit später macht er folgenden Rückzahlungsvorschlag: „Kannst du mir auf 5,20 € zurückgeben?" Anne flötete zurück: „Natürlich mein Schatz." Um das Kaminholz zu bezahlen brauchte er noch 5,- €, die er sich ebenfalls aus ihrer Geldbörse nahm. Es erfolgte von Hoddel für die 5,- € folgender Vorschlag: „Wenn wir zum Einkaufen fahren, bezahlst du im Restaurant immer das Frühstück. Die nächsten zwei bezahle ich." Sie lacht: „Warum willst du zwei Mal bezahlen?" Er: „Der Rest ist für die Zinsen."

Der Einlauf

Hoddel sieht wie Anne eine Auflaufform in den Back-
ofen schiebt. Später sitzen beide am Tisch. Er fragt
sie: „Gibt es heute zum Mittagessen einen Einlauf?"
Sie: „Ja, aber Oral."

Antonio

Hoddel sitzt auf der Porche gemütlich im Sessel. Anne kommt in einem Pareo gehüllt aus dem Wasserbecken. Hört ein Auto und lauscht, ob es vor unserem Haus stehen bleibt? Hoddel: „Wenn es Antonio ist, dann gehe bitte in deinem Pareo gehüllt zum Auto. Entweder kommt er jetzt jeden Abend und bringt uns wie bisher das Gemüse und Obst kostenlos oder er kommt nie wieder."

Katzenfutter

Hoddel und Anne sind bei Agro Malaga, einem Gemischtwarenladen in Cartama, wo man alles, was für eine Finca gebraucht wird, kaufen kann. Wie immer ist der Laden brechend voll. Die Spanier, ein bekannt lautes Volk, schnattern. Das Gefühl fragt immer, sprechen sie miteinander oder jeder für sich? Hoddel und Anne stehen an der Warentheke, das Verkaufspersonal ist gut beschäftigt. Hoddel sieht, durch eine Glasscheibe getrennt, in ein Büro, am Bildschirm eines Computers sitzt eine rassige, schwarzhaarige Spanierin. Er nimmt Blickkontakt auf. Es funktioniert, sie spürt seine Blicke, dreht ihren Kopf zu ihm und lächelt. Strahlend kommt sie an den Tresen und fragt nach seinen Wünschen. Hoddel spricht einigermaßen spanisch, sie merkt aber, dass er kein Spanier ist und fragt: „Woher kommst du?" „Soy aleman, ich bin Deutscher." Sie bedauert, dass sie kein deutsch spricht, nur etwas französisch. Anne in der Zwischenzeit schon etwas ungeduldig geworden, bestellt das Futter für unsere drei Katzen. Die Rassige strahlt ihn weiterhin an, nun deutet er auf das Katzenfutter und sagt ihr auf Spanisch, das wäre morgen sein Frühstück. Für einen kurzen Augenblick war es still im Laden. Dann fragten rund zwanzig Personen, ob mit Milch, Honig, Sahne und Früchten. Um uns herum nur lachende und fröhliche Gesichter. Alle freuten sich mit uns alemanes, mit „adios amigo y amiga" verließen wir lachend den Laden.

Manni´s Treff

Wer kennt nicht Manni´s Treff im „La canada" in Marbella, dem größten Einkaufzentrum in der Provinz Malaga. Schon seit vielen Jahren kaufen Hoddel und Anne dort ein. Sie sind bei Manni, mit die ältesten Gäste, um in der Mittagszeit deutsche Bratwurst zu essen. Doch einmal kam Hoddel allein mit seiner Schwieger-

tochter, einer jungen gutaussehenden Frau, blond und blauäugig. Manni stand am Herd und drehte die Bratwürste, blickt hoch sieht Caro und stutzt. Hoddel merkt seinen Blick und legt seinerseits seine Finger auf seinen Mund und deutet an, bitte jetzt keine Fragen. Manni grient und dreht seine Würstchen. Die beiden, Caro und Hoddel, verzehren ihre Wurst und wollen gehen. Manni deutet an, er wolle Hoddel allein sprechen. Caro geht voraus, Hoddel bleibt stehen, nun kommt Manni: „Wer ist denn die hübsche Blonde." Hoddel: „Anne ist in Deutschland und die Blonde habe ich geleast." Wochen später kommen Hoddel und Anne zu Manni, er sieht die beiden und ruft für alle laut und verständlich: „Hast wohl die Leasingraten nicht bezahlen können und musstest auf das Altbewährte zurückgreifen?"

In Seifen

Hoddel und Anne sind zum ersten Mal im Erzgebirge in der weltbekannten Stadt Seifen. Sie bummeln mit zwei Dresdner Mädels durch den Ort, von Geschäft zu Geschäft und träumen von einer Weihnachtspyramide. Ein Wunsch, der heute in Erfüllung gehen soll. Doch bevor es dazu kommt stehen sie vor einem Trachtengeschäft und gehen hinein. Eine ältere Verkäuferin geht auf Hoddel zu und begrüßt ihn sehr freundlich.

Dieser wartet auf die sooo blöde obligatorische Frage: Kann ich ihnen helfen? Stattdessen zeigt sie lächelnd auf den Seppelhosenstand - so nennt man die Lederhosen in Sachsen - und wohl auch im Erzgebirge. Hoddel: „Ich habe aber krumme Beine." Sie lacht und sagt: „An eine kurze Hose habe ich für sie nicht gedacht." Im weiteren Gespräch stellt sich heraus, dass das freundliche Wesen im Dirndl, die Inhaberin des Geschäfts ist. Hoddel hält nun eine Mütze in der Hand und fragt nach dem Preis. Das Dirndlmädchen nennt ihm lächelnd den Preis: Ich bekomme von ihnen 6,- €." Hoddel total überrascht: „Sex und die Mütze?" Sie: „Warum nicht wir beiden Alten." Er bezahlte die 6,- €, nahm die Mütze und ging glücklich aus dem Dirndlladen.

Die Gedanken sind frei

Es ist Wochenende und saubermachen angesagt. Hoddel hatte, als beide noch im Berufsleben standen beim Saubermachen in Hamburg am Wochenende immer geholfen. In einem nicht namentlich genannten Spezialgeschäft für Saubermänner in Hamburg, erwarb er einen ausschließlich für ihn gefertigten Spezialgürtel aus genarbten Büffelleder. Der Gürtel hat eine Länge von einhundertundfünf Zentimetern und ist nur für einen austrainierten sehr männlichen

Körper geeignet. An der Außenseite desselben versteht sich, befinden sich in der Breite unterschiedliche Laschen, so dass der Staubpinsel, Staubtuch, die Düsen für den Staubsauger und weitere Gerätschaften, wohl gemerkt jeder Zeit, griffbereit sind. Dadurch ist es möglich, die Zeitspanne der vor einem liegenden Arbeitszeit erheblich abzukürzen. Wie sagt man nach dem amerikanischen Begriff zu Deutsch „Zeit ist Geld". In der jüngeren Zeit ist es für Hoddel seltener geworden, dass er zum Gürtel anlegen gerufen wird. Aber heute ist es so weit, die heutige Losung am Sonnabend Vormittag lautet, helfe auch du als Mann. Heute geht er nicht wie in Hamburg in die Besenkammer, sondern in den Versorgungsraum der außerhalb des Hauses liegt. Hoddel sucht und sucht seinen liebgewonnenen Gürtel, nach einer geschlagenen halben Stunde fand er seinen Gürtel wieder. Er band sich diesen um, nahm den Staubsauger und ab ins Haus. Dort wartete bereits Anne auf ihn. Er übernahm gleich das Wort, um zu erklären warum es so lange gedauert hatte. Anne hatte jedoch nur Mitleid mit ihm: „Du warst in Hamburg nicht der Schnellste, wenn es um das Saubermachen ging. Aber jetzt im Alter, nun ja, armer Hoddel." Er musste sich ein Grienen verkneifen, dabei dachte er an die Zeit in Hamburg. Dort hatte er zwar schneller geholfen, aber die Aufgaben nahmen zu. Muss sich das in der Gegenwart wiederholen?
Die Gedanken sind eben frei!

23

Drei Sternekoch

Was bietet das deutsche Fernsehen noch außer Kochsendungen, Sport und jeden Tag Krimis. Und dann die Werbung, da sprechen doch irgendwelche Lallbacken: Passt auf eure Kinder auf, die dürfen nicht alles sehen. Dabei Zeigen doch die rechtlich öffentlichen Anstalten nur solchen Mist: Krimis über Krimis. Aber heute ist wieder ein drei Sternekoch in Gange, dieser bereitete ein Quark Souffle vor. Er streicht die Kuchenform mit Butter ein, um sie anschließend mit Zucker zu betreuen. Anne, selbst eine gute Köchin, die auch gut backen kann, rutscht auf dem Sofa hin und her. Plötzlich erklingt ihre Stimme: „Der Kerl muss doch die warme Kuchenform hin und her drehen, um die jetzt flüssige Butter zu verteilen, dieser Blödmann. Ein drei Sternekoch und keine Ahnung." Hoddel: „Mein Schatz, ich schaffe dir sofort eine Telefonverbindung mit diesem Sender. Dann kannst du es ihm aber richtig geben, diesem drei Sterne Blödmann!"

Das Gesindebad

Hoddel kommt aus dem Gelände, um sich im Gesindebad umzuziehen. Verwundert blickt er auf den Staubsauger, diesen sieht er zum ersten Mal im Bad stehen. Anne steht in der Tür und lächelt ihn an. Er fragt lieber nicht, warum steht der Staubsauger im Bad. Sie lächelt: „Nach sieben Jahren habe ich mir die Arbeit im Gesindebad heute zum ersten Mal erleichtert. Mit dem Staubsauger vorher saugen und anschließend mit dem Feudel wischen, ist das eine Erleichterung" und ein tiefer Seufzer folgt, „man ist doch manches Mal richtig blöd." Hoddel: „Schatz, sollten wir nicht im letzten Satz ein Wort streichen?" „Welches Wort mein Schatz?" flötete sie. Er: „Das Wort manchmal."

Der Regenschirm

Hoddel und Anne sitzen im Auto und fahren ins Dorf. Auf der linken Seite steigt blutrot die Sonne hinter der Bergkette auf. Feiner Regen schlägt gegen die Frontscheibe des Autos. Auf der rechten Seite die Berge der Sierra las Nieves hatte sich ein großer Regenbogen gebildet. Hoddel hatte am Tag zuvor das Innere im Auto ausgeräumt einschließlich Regenschirm. Regen und kein Schirm, oh weh. Mit leicht belegter Stimme fragt er Anne: „Hast du dir nicht wie immer deine Haare eingesprüht?" Sie: „Natürlich, macht aber nichts, dann werden eben meine Haare wie Beton." Er denkt, ist noch mal gut gegangen, kann sich jedoch seine Boshaftigkeit nicht verkneifen. Und fragt Anne: „Bist du auch sicher, nicht nur die Haare, sondern der gesamte Kopf?"

25

Am Weihnachtsmorgen

Bei Kerzenschein sitzen Hoddel und Anne am festlich gedeckten Frühstückstisch. Anne, eine sehr gute Köchin, die außerdem gut backen und auch leckere Marmelade mit frischen, der Jahreszeit entsprechenden Früchten zubereiten kann. Wie viele weibliche Wesen können das in der Gegenwart von sich behaupten? Hoddel: „Reich mir bitte die Marmelade." Sie: „Die Kirschmarmelade oder die Vielfrucht?" Die Frage war von ihr berechtigt, denn vor ein paar Tagen ist ihm fast das Gebiss um die Ohren geflogen. Er biss auf einen Kirschkern. Hoddel ist wie immer höflich (dafür hatte seine Großmutter mütterlicherseits gesorgt): „Gib mir bitte die Kirschmarmelade." Er bestreicht ganz vorsichtig sein Brötchen mit der Kirschmarmelade und fragt Anne: „Wo hast du die mechanische Kirschkern Suchmaschine?" Sie: „Tut mir leid mein Schatz, die ist noch in der Spülmaschine."

Der Stock

Früher suchte Hoddel seine Brille, jetzt sucht er seinen Stock. Der Unterschied liegt in der Zeit, den Stock – da größer – findet er schneller.

Der Piepton

Hoddel sitzt im Büro am Computer und schreibt: Anne kommt aufgeregt und fragt ihn: „Hörst du nicht den Piepton im Haus?" Er: „Ich höre keinen Piepton" und denkt sich seinen Teil. Sie: „Aber ich höre ihn." Er: „Dann suche deinen Piepton." Vor einiger Zeit hörte Anne schon mal einen Piepton, den er schnell gefunden hatte. Es war der Piepton vom Feuermelder – die Batterie war leer – diesen Ton kannte er bereits. Dieses Mal war es aber ein anderer Piepton, den es zu

finden galt. Nach einer Weile kommt Anne ins Büro, an ihrer Stimme merkt er, sie hat Piepton gefunden. Er: „Wo war denn das Tönchen?" Sie: „In der Küche, ich hatte an dem Geschirrspüler die Tür geöffnet, aber die Maschine nicht abgeschaltet." Hoddel inzwischen gelangweilt: „So ist es, wenn die Arbeitsgänge nicht in der richtigen Reihenfolge erfolgen."

Hoddels Lieblingskatze

Seine Lieblingskatze namens Isi läuft fast immer hinter Hoddel her. Eines Tages fragt er zum Test Anne: „Wärst du Isi, würdest du auch immer hinter mir herlaufen?" Anne: „Nein, ich kenn dich." Hoddel blickt traurig und spricht mit seiner liebreizenden Katze: „Werde du einmal so alt wie Anne, dann bist du nicht mehr hinter mir her." Langsam senkt Hoddel seinen Blick und sieht auf den Boden der Tatsachen.

Das geborstene Ei

Hoddel sitzt am Mittagstisch. Anne kommt aus der Küche und stellt eine Bratpfanne mit duftenden Rühreiern auf den Tisch. Er: „Wieso heute Rühreier?" Sie: „Maria war heute Morgen hier und hat uns frische Eier gebracht. Von dem einen Dutzend Eiern waren drei kaputt." Er: „Angenommen es wären alle Eier kaputt gewesen." Anne: „Du nervst mich. Dann hättest du, so viel Rühreier zu essen bekommen, bis alle Eier verbraucht sind. Natürlich nur bei einem angenommenen Fall."

Die Zahnbürste

Hoddel und Anne machen innen das Auto sauber. Er fragt Anne: „Hast du für mich eine Zahnbürste?" Sie: „Wofür?" Er: „Für ein paar Rillen und Ecken, da komme ich so schlecht heran." Anne bringt ihm eine Zahnbürste. Hoddel ist nun zufrieden und reinigt seine Ecken und Rillen mit der Zahnbürste. Am nächsten Tag fahren beide mit dem Auto in die nächstgelegene Kleinstadt zum Einkaufen. Beide steigen aus dem Auto. Anne nimmt ihr Kissen vom Sitz und hält die gestrige Zahnbürste in ihrer Hand. Ihr vorwurfsvoller Blick sagt nicht gutes. Hoddel grient und fragt sie: „Wie es ist es denn so, wenn man unterhalb der Gürtellinie auf einer Zahnbürste gesessen hat?"

50. Hochzeitstag

Nach fünfzig Ehejahren fragt sie ihn beim Essen im Restaurant nach seinem Geschmack. Er: „Mein Schatz,

den mußte ich doch haben, du mit deinen schönen langen Beinen und schlanken Körper, sonst hätte ich dich doch nicht geheiratet."

Die Uhr

Auf dem Schrank im Wohnzimmer steht eine alte mechanische Kienzle Weltuhr. Anne: „Die Uhr ist stehen geblieben." Hoddel: „Das sehe ich auch, mechanische Uhren benötigen möglichst zärtliche maskuline Muskelkraft. Für die femininen Wesen wurden die Solar oder Batterie betriebenen Uhren erfunden."

Wo ist die Pille

Beide sitzen am Frühstückstisch und stellen fest, sie haben die Hälfte des achten Lebensjahrzehnt hinter sich. Der Tisch ist wie jeden Morgen reichlich gedeckt, für beide ist die morgendliche Mahlzeit die Wichtigste. Nach einem guten Frühstück kann der Tag beginnen. Zumal, wenn man auf einer Finca lebt, wo die tägliche Arbeit dem Körper einiges abverlangt wird. Anne ist für die Haus- und Geländearbeiten, Hoddel für alle handwerklichen Arbeiten zuständig. Bis vor drei Jahren haben sie gemeinsam betoniert, gemauert, Eisen gebogen, fünfzig Olivenbäume und Obstbäume gepflegt.

Auch heute steht, wie jeden Morgen neben dem Wasserglas ein kleines Glas mit Pillen für die kleinen Zipperlein und Algen als Nahrungsergänzung. Schließlich wollen beide die Zeit nach einem arbeitsreichen Leben möglichst lange genießen. Die kleinen Probiergläser wo die Pillen jetzt liegen, haben Jahre zuvor bessere Zeiten erleben dürfen, denn in den Jahren zuvor dienten sie zur Probe von deutschen Weinen. An diesem Vormittag suchte Anne fast verzweifelt nach einer Pille, die sie vorher aus dem Glas entnommen und neben den Teller gelegt hatte. Die Pille hatte sich jedoch still und leise unter dem Tellerrand versteckt. Anne suchte verzweifelt und Hoddel griente, aber nicht äußerlich, denn ein Wochenende stand bevor. Plötzlich entfuhr Anne ein tiefer Seufzer: „Ich habe sie gefunden." Hoddel: „Das ist erst der Anfang, mein Schatz."

Das Foul

EM 2012 Spanien – Italien. Ein spanischer Spieler liegt nach einem üblen Foul mit dem Rücken auf dem Spielfeld. Sein Mund ist weit aufgerissen. Hoddel zu Anne: „Wenn jetzt die Betreuer kommen und einer davon ist Zahnarzt, dann könnte er auch sofort die Zähne auf Zahnstein untersuchen."

Der Schlafanzug

Anne macht wie immer am Morgen die Betten. Anne sieht Hoddel kommen: „Wo ist dein Oberteil vom Schlafanzug?" Er überlegt kurz: „Du meinst das Oberteil, ja das hängt draußen zum Lüften und am Sonntag zum Verkauf auf dem Flohmarkt."

76. Geburtstag

Beide sitzen beim Frühstück, laufend läutet das Telefon. Anne wird heute 76 Jahre. Nach dem letzten Telefongespräch kommt ein tiefer Seufzer: „Nun bin ich 76 Jahre alt und somit eine alte Frau." Hoddel: „Was, so alt bist du schon? Vor fünfundfünfzig Jahren haben wir uns verlobt, hast du mir etwa damals dein wahres Alter verschwiegen?"

Der liebe Nachbar

Hoddel kommt ins Haus. Anne steht in der Küche. Er: „Ich habe soeben mit Jelle gesprochen." Sie: „Unserem lieben Holländer." „Ja und stell dir vor, er will morgen ins Dorf fahren und einen Gärtner anheuern. Der sich zukünftig um die Olivenbäume und Pflanzen kümmert." Anne: „Das wird auch höchste Zeit, der hat bei dem verwilderten Grundstück für ein viertel Jahr gut zu tun. Nach dieser Nachricht mach ich mir aber jetzt sorgen um dich." Hoddel: „Wieso macht du dir sorgen um mich?" Anne: „Du wolltest doch Jelle in der nächsten Woche alles Gute zum Flug nach Afrika wünschen. Er möge doch bitte von den Buschmännern eine Machete mitbringen, um sein Grundstück sauber zu halten." Hoddel: „Ich habe noch ein paar Tage Zeit, um ihm statt Machete etwas anderes zu wünschen."

Der Schalter

Seit nun zwölf Jahre leben sie auf ihrer Finca. An einem sonnigen Morgen, stehen beide auf der Porche. Anne: „Hast du in der vergangenen Nacht gemerkt, dass die Außen- und Diebesbeleuchtung nicht ausgeschaltet war?" Oh, für Hoddel ein Unwort, nicht ausgeschaltet. Er zu ihr: „Ich schlafe in der Nacht." Anne: „Dieses mal habe ich den Schalter über dem Bett betätigt und bin nicht aufgestanden." Hoddel: „Und wie lange kennst du schon den Schalter über dem Bett?" War das ein schöner Morgen!

Die letzte Maschine

Heute ist Waschtag. Am Nachmittag treffen sich Hoddel und Anne vor dem Gesindebad. Die Tür steht offen, er hört die ihm bekannten Waschmaschinengeräusche. Er fragt Anne: „Wie viele Maschinen laufen noch?" Sie: „Die letzte Maschine." Hoddel denkt nun nach. Anne: „Wieso fragst du Depp, wie viele Maschinen laufen noch, wir haben doch nur eine Waschmaschine, oder?"

Sein Haupt

Beide sitzen draußen am Tisch, Hoddel hält eine Scheibe Brot in der Hand, als plötzlich und völlig unerwartet, ein brummendes und summendes Etwas über seinem Kopf fliegt und dort auch noch landend. Nun völlig hilflos zu Anne sprechend: „Schau bitte in meinen Haaren nach dem Ungetüm." Anne laut lachend: „Wo soll ich suchen, in deinen Haaren? Ich sehe aber auf deinem Kopf keine Haare."

Das liebe Haushaltsgeld

Am nächsten Morgen wollen Hoddel und Anne in Malaga bei Makro einkaufen. Vergleichbar mit der Metro in Deutschland. Auch in Spanien wird bei Makro ein Ausweis benötigt. Anne: „Ich brauche zwei neue Bratpfannen." Hoddel: „Wird diese Anschaffung aus deiner Haushaltskasse bezahlt?" Sie: „Aber nein mein Schatz, aus der großen Kasse." Hoddel: „Gemäß unserer Haushaltskassen-Verordnung, bedarf es bei einer außerplanmäßigen Anschaffung, auch bei uns, einer schriftlichen Genehmigung, schließlich verwalte ich die Finanzen. Aber ich sehe eine Möglichkeit die Bearbeitungszeit abzukürzen", dabei sieht er Anne lächelnd an. Sie: „Und wie?" Hoddel: „Du gehst jetzt in den Versorgungsraum und holst mir eine Flasche

Hefeweizen. Danach könnte ich mir durchaus vorstellen, dass es mit dem Kauf dieser Gerätschaften noch im November klappen könnte." Anne: „Jetzt begreife ich, warum deine Literatur, die du liest, überwiegend aus politischem Geschwätz besteht.

Der Frühsport

Beide, Hoddel und Anne, sitzen in einer warmen Sommernacht auf ihrem Lieblingsplatz und genießen die Ruhe und die von den Bergen kommende lauwarme Luft. Diesen Lieblingsplatz haben sie sich, wie alles im Gelände, mit eigener Händearbeit geschaffen. Unmittelbar neben dem Wasserbecken, steht auf einer Plattform eine mit Schilf überdachte Pergola. Hier ist der schönste Platz, der Ausblick in das Tal oder im Rücken die Bergkette Sierra las Nieves. Hier war die Welt noch in Ordnung, Stille, die Sterne am Nachthimmel, was braucht der Mensch noch mehr. Anne plante schon für den nächsten Morgen, sie würde sehr früh aufstehen und vor dem Frühstück ins Wasserbecken gehen. Hoddel: „Muss ich mir etwa Gedanken machen?" „Nein, ich gehe nur zum Frühsport." Hoddel: „Aber von dort ist manch einer nicht wieder zurückgekommen."

Das Wetter

Am Abend, beide sitzen vor dem Puschenkino, das ZDF bringt die Wettervorhersage für den nächsten Tag. Ein großes Sturmtief vom Atlantik kommend, zieht morgen über die Iberische Halbinsel, mit starken Sturmböen, größeren Regenmengen ist zu rechnen. Ein paar Stunden später die ARD. Ein kleines Tief vom Atlantik kommend, bringt morgen der iberischen Halbinsel geringen Niederschlag. Es weht dabei ein leichter Wind aus südlicher Richtung. Hoddel zu Anne: „Was hältst du von den Vorhersagen?" Sie schweigt. Er: „Wir wollen doch morgen früh Oliven pflücken." Anne: „Ich warte mit meiner Antwort bis morgen früh, dann kann ich mit meinen eigenen Augen sehen, ob es regnet, schneit oder gar die Sonne scheint. Diese Blödmänner oder -frauen mit ihren Vorhersagen. Es fehlt noch, dass sie dir sagen ob ich schlechte oder gar gute Laune habe."

Das Loch

Schon seit einigen Tagen lahmt Anne beim Gehen. Hoddel übt sich schon am frühen Morgen in der neudeutschen Sprache, schließlich muss man sich doch mit der Jugend noch unterhalten können. Er fragt Anne: „Warum du lahmen?" Sie: „Ich kenne die Ursache nicht, ich habe heute meine Hüfte mit Voltaren Creme eingerieben. Jetzt zieht der Schmerz in mein linkes Bein." Hoddel sieht Anne von oben bis unten an und sieht, dass sie ein Loch im Strumpf hat. Nun zeigt er mit seinem linken Zeigefinger auf das Loch im Strumpf. Sie versteht ihn nicht und hält inne. Hoddel zeigt jedoch immer weiter mit dem Finger auf das Loch. Sie sieht das Loch. „Ach, was ist denn mit dem Loch?" Hoddel: „Da wölben sich große Haut auf Bein, Schmerz werden disch bald verlasse und gehen weg aus Hüfte und Bein."

Ein Regentag

Es ist ein trüber Novembertag, schon seit Tag regnet es Bindfäden. Hoddel sitzt am Schreibsekretär und schreibt. Plötzlich klopft es am Fenster, draußen steht Anne auf der Porche. Sie lächelt ihn an. Er öffnet das Fenster und fragt sie auf neudeutsch: „Was du wollen?" Sie nun schon ein wenig ungehalten: „Ich haben mich ausgeschlossen." Nun setzt Hoddel sein schönstes Lächeln auf: „Bis ich Schlüssel haben gefunden, du dich setzen auf Bank Porche und machen dich Gedanken sonnige."

Er ist doof

In Andalusien lebt es sich anders, zumal beide, Hoddel und Anne, im Campo außerhalb eines kleinen Dorfes leben. Einmal in der Woche fahren sie mit dem Auto in die am nächstliegende größere Ortschaft, um einzukaufen. Man trifft Freunde oder sitzt wie heute, allein in einem der vielen Cafés. Nachdem sie ihren Tee und Wasser getrunken haben, wird dort noch frisches Brot gekauft. Anne fragt Hoddel, welches Brot sie kaufen soll. Er: „Das rechteckige mit den abgerundeten Ecken." Anne: „Bist du doof, doof, doof." Er schaut sich um, ob sie ihn oder vielleicht andere Personen meinen könnte. Nun fragt er Anne: „Meinst du mit dreimal doof etwa mich?" „Ja, ich meine dich." Hoddel blickt auf die Uhr und sieht, dass es erst halb elf ist und meint zu ihr gewandt: „Das stimmt mich um diese Zeit aber mehr als traurig. Am frühen Tag schon dreimal für doof erklärt zu werden, wie soll bloß dieser Tag für mich noch enden?"

Der HNO-Arzt

Hoddel steht in Bayern beim Arzt an der Rezeption. Es herrscht ein reger Betrieb, vor ihm steht ein junger Mann. Dieser bemüht sich seinem bayrischen Dialekt einem sanften Ton zu verleihen. Man könnte es auch einen Turtelton nennen. Schließlich stehen hinter dem Tresen, zwei hübsche bayrische Madln, die zügig ihre Arbeit verrichten. Freundliche Madln ohne Dirndl versteht sich, man befindet sich schließlich in einer Arztpraxis. Ein weibliches Wesen, fragt den turtelten jungen Mann, ob er zusätzlich einen Überweisungsschein für einen HNO-Arzt haben möchte. Schließlich spare er bei einem weiteren Arztbesuch 10,- €. Leicht errötend fragt er, was es mit einem HNO-Arzt auf sich hätte. Nun kam Hoddel in's Spiel, dieser zeigte pantomimisch mit seiner rechten Hand auf seinen Hals, danach an seine Nase, um anschließend die Rechte an die Ohren zu führen. Was danach kam, war ein schallendes Gelächter. Rein zufällig stand die Tür zum Wartezimmer auf. Zum Glück war der junge Mann nicht der Arzt, denn ein paar Tage später wurde Hoddel am Knie operiert.

Die Meise

Beide, Hoddel und Anne, sitzen am Esstisch und sehen durch die Glasscheibe der Küchentür. Eine kleine Meise fliegt draußen an der Fensterscheibe hin und her, rauf und runter. Hoddel zu Anne: „Sieh, da klopft eine kleine Kohlmeise." Sie: „Das ist keine Kohlmeise sondern eine Blaumeise." Er: „Wo ist der Unterschied?" Anne: „An der Größe und den blauen

Federn." Er: „Wie viel Arten von Meisen gibt es?" Sie: „Kann ich dir nicht beantworten." Er: „Hattest du keinen Biologieunterricht in der Schule?" Anne: „Schon, aber wie viele Arten von Meisen, haben wir nicht gelernt." Hoddel: „Schade, aber falls ich noch einmal heiraten sollte, werde ich mir von dem weiblichen Wesen vorher die Schulzeugnisse zeigen lassen. Damit man mir eine ausreichende Auskunft über die Artenvielfalt der Meisen geben kann." Anne: „Moment, eine Art ist mir soeben eingefallen." Hoddel: „Und welche?" Anne: „Geh ins Bad und schau in den Spiegel, dann siehst du deine Meise."

Weißer Kaffee

Hoddel ist auf der Porche und macht Frühsport. Wie jeden Morgen quält er seinen Expander. Plötzlich steht Anne lachend in der Haustür und ruft ihm zu: „Du, Schatz" Bei dem Wort Schatz denkt er an nichts Gutes. Sie: „Magst du am Vortag zum dritten Advent einen weißen Kaffee? Ich habe in den Kaffeefilter keinen Kaffee hinein getan." Hoddel ist sprachlos und zieht noch kräftiger am Expander.

Der Adventskalender

Beide sitzen am Abend vor dem Kamin, draußen ist es ungemütlich. An solchen Winterabenden ist es auch in den Bergen der Sierra las Nieves kühl. Mensch und Tier suchen die Wärme. Ihre zwei Katzen, Miki und Isi, liegen in den Sofaecken auf ihren Decken und schlafen. Das Fernsehgerät ist eingeschaltet, es erscheint ein Werbespot: Es ertönt ein lautes Miau, Miau und zwei Katzen sitzen vor einem Adventskalender für Katzen. Hoddel zu Anne: „Ein Glück, unsere beiden Katzenkinder schlafen. Ich mag mir nicht vorstellen, unsere beiden Katzen hätten den Aufruf gehört. Nach dem Motto für uns Katzen gibt es einen Adventskalender und jeden Tag bis zum Weihnachtsfest Leckerli. Und wir müssten gleich morgen die Adventskalender kaufen."

Befreiung

Es ist Nacht, am Himmel leuchten die Sterne. Hoddel sitzt auf der Terrasse und sieht in den wunderschönen Nachthimmel. Er beobachtet am Firmament einen hellen Punkt. Mal ist er hell, dann wieder dunkler, bis er nach einiger Zeit verschwindet. Nach einer längeren Zeit taucht er wieder auf, um anschließend total zu verschwinden. Wer denkt da nicht an unbekannte Flugobjekte, sogenannte Ufos. Später geht er ins Haus, Anne sitzt vor dem Puschenkino. Er erzählt ihr, was er am Himmel gesehen hat und stellt ihr folgende Frage: „Stell dir vor, aus dem All käme ein überaus gut aussehender und liebevoller Mann zu dir ins Haus." Anne: „Und dann?" „Um dich von deinem vor über fünfzig Jahren geehelichten Mann zu befreien?" Anne: „Ach, wäre das schön."

Die Weihnachtsdekoration

Anne packt vorsichtig die Glasglocken – eine jährliche Weihnachtsedition von Rosenthal – zurück in einen Karton, denn das Fest der Liebe ist vorbei. Hoddel kommt von draußen: „Was, du packst schon? Wir haben die Finca-Flecha doch noch nicht verkauft." Anne: „Ich übe schon einmal. Wenn wir die Finca verkauft haben, bin ich bestimmt schneller als du, denn ich bin vorbereitet."

Der Besuch

Hoddel hat im Salon den Tisch gedeckt. Anne zieht sich im Schlafzimmer um, die Tür ist offen. Sie steht in der Unterwäsche. Er sieht zu ihr und meint: „Bitte jetzt keinen Sex mein Schatz, bevor der Besuch kommt." Anne flötet zurück: „Ist die Zeit für dich etwa abgelaufen?" Etwas gequält tönt er zurück: „Das nicht, aber mir bleibt keine Zeit zum Duschen, bevor der Besuch kommt."

Die Bekömmlichkeit

In zwei Tagen ist Heiligabend. Hoddel und Anne sitzen bei 23°C und Sonnenschein auf der Porche. Auf dem Tisch steht eine Flasche Rotwein, ein Geschenk von Freunden. Ein besonderer Wein aus dem Weinanbaugebiet Ronda in der Provinz Malaga. „Reserva Privada Jahrgang 2007 vom Weingut Alfonso de Hohenlohe 13,5 % vol." Hoddel öffnet die Flasche Wein und gießt diesen zum Dekantieren in die Karaffe. Dabei fragt er Anne, ob sie heute auch ein Glas Rotwein zur Brotzeit trinkt. „Aber gern" flötet sie zurück. Er: „Aber du trinkst doch keinen Rotwein mehr." Anne: „Nur am Abend trifft das zu. In der Mittagszeit ist mir sehr wohl ein Glas Rotwein bekömmlich." Hoddel: „Blöd gelaufen, hatte ich doch vergessen zu welcher Tageszeit deine Rotweinbekömmlichkeit einsetzt."

Die Partnersuche

Beide sind im Haus und haben es sich gemütlich gemacht. Das Holz knistert im Kamin, im Puschenkino läuft bei Vox die Sendung „Die Auswanderer". Wie immer wird die Sendung durch Werbeeinlagen unterbrochen. Nun läuft die Werbung, Partnersuche per Internet. Es erscheint ein männliches Gesicht, mit dem heute üblichen aufgesetzten Lächeln. Hoddel zu Anne: „Findest du diesen Typ von Mann gut aussehend?" Anne: „Der wäre mir schon vom rein äußerlichen Aussehen mehr als unsympathisch." Hoddel schmunzelt und meint: „Darum hast du dich vor mehr als fünf Jahrzehnten für mich entschieden. Ein junger Mann, mit braunem welligem Haar. Sah ich damals nicht viel besser aus, als dieser heutige Internettyp? Sind die heutigen Männer nicht über- wiegend angepasste Weicheier? Den schlage ich heute noch um Längen, mit meinem Aussehen und weniger Haaren?" Anne lächelt vor sich hin: „Aber natürlich mein Schatz." Er erstaunt: „Kann ich das auch schriftlich von dir haben?" Sie: „Nein, du wür- dest mich in Versuchung bringen, nicht die Wahrheit zu sagen, möchtest du das?

Das Gedächtnis

Hoddel ruft seinen Anwalt an. Ohne auf seine Vor- lage zu sehen, sprudeln im die Paragrafen aus dem Bürgerlichem Gesetzbuch nur so heraus. Anne stutzt. Das Telefongespräch ist beendet. Sie leicht pikiert: „Das ist komisch mit dir, wenn ich dir etwas sagt habe, vergisst du alles sehr schnell." Hoddel: „Mein Schatz, das ist der Unterschied zwischen Mann und Frau" und zeigt mit dem rechten Zeigefinger nach oben. „Der da oben hat uns maskulinen Wesen schon von Geburt

an – Wichtiges vom Unwichtigen zu unterscheiden –
in unser Oberstübchen programmiert." Anne gereizt:
„Wovon hast du gesprochen, Männer mit Gehirn, dass
ich nicht lache."

Nachwort

Geschichten schreiben kann ich schon allein, aber für die Korrektur danke ich meiner Frau Anneliese. Für Druckvorbereitung, Gestaltung und Grafikdesign danke ich meinen Freundinnen Nicole von Bargen und Marja Reher.

Für die Karikaturen danke ich dem zuverlässigen Partner Dirk Müller.

Dirk Müller Karikaturen-Service
Friedensallee 19
01097 Dresden
Tel: 0351 - 802 17 35
Mobil: 0173 - 571 19 44

Weitere Bücher von Horst Pfeil

Susi und ihre Kinder

In diesem Buch erzählen drei Katzen spannende Geschichten aus ihrem Leben auf einer Finca *al-Andalus* in der Provinz Málaga. Ein Buch für Jung und Alt.

46 Seiten
ISBN 978-3-74-317677-5

Und was nun?

Ein Blick zurück und in die Gegenwart. Die Kriegsjahre, und als 1945 die Befreier kamen. Wie die Vorkriegsjahrgänge um ihre Kindheit gebracht wurden. Danach ohne staatliche Unterstützung ihr Leben selbst in die Hand genommen haben.

64 Seiten
ISBN 978-3-74-489354-1

Mein geliebtes Peru

Ein Reisebericht vor 30 Jahren.
Die große Gastfreundschaft der
Mittelschicht. Auf der anderen
Seite eine nicht absehbare
Armut der Ur-Einwohner. Noch
heute wird von der monetären
Produktionsgesellschaft – nach
John Maynard Keynes – der
Lebensraum der Ur-Einwohner
zerstört.

160 Seiten
ISBN 978-3-74-487443-4